시향(詩響)에
대한
반항

시詩향響에 대한 반항

펴 낸 날   2024년 11월 15일

지 은 이   桂響 곽정순
펴 낸 이   이기성
기획편집   서해주, 윤가영, 이지희
표지디자인 서해주
책임마케팅 강보현, 김성욱
펴 낸 곳   도서출판 생각나눔
출판등록   제 2018-000288호
주   소   경기도 고양시 덕양구 청초로 66, 덕은리버워크 B동 1708호, 1709호
전   화   02-325-5100
팩   스   02-325-5101
홈페이지   www.생각나눔.kr
이 메 일   bookmain@think-book.com

• 책값은 표지 뒷면에 표기되어 있습니다.
  ISBN 979-11-7048-795-1 (03810)

桂響 곽정순 시집

시詩향響에
대한
반향

생각나눔

인사말

푸른 하늘을 보며 원대한 꿈을 펼치며 날고 싶었습니다.
높고 깊은 산을 보며 모험을 즐기고, 바람을 마주하며 목적을
향해 달렸습니다.
광활한 들판을 힘겹게 달려와 이제야 삶의 아름다움을 깨닫
습니다.
문학이 주는 고뇌와 포만감을 온전히 안아보며 삶을 도전하
고, 인생을 풍요롭게 하는 큰 의미가 있는 경험이었습니다.
버려야 할 하나의 조사를 끌어안고 고민하던 밤, 수없이 포기
한 뒤 다시 주워 담은 언어들, 동살이 문을 여는 새벽의 고뇌
는 그 끈기와 무던함이 힘이 되었습니다.

부족한 저에게 용기를 주신 모든 분께 감사드리며, 앞으로 펴
낼 수필집 출간을 위해 더욱 정진하겠습니다.

한국 예술인 복지재단 기금에 선정되고 저의 첫 시집 출간에 박차를 올리게 되어 더욱 기쁩니다.

소설 『코리안 메모리즈』와 『사하라에 지다』를 집필하시고 영어, 불어 문단 작가이신 최종림 선생님께서 몇 편 감수해 주시며, 칭찬과 격려로, 때론 서툰 경험에선 호통으로 포기하려는 저를 이끌어 다독여주셨습니다.
격려해 주신 큰마음 온전히 받아들여 깊은 감사를 올립니다.

목차

인사말   4

제1부

시향(詩響)에 대한 반항   14

붉은 산   15

반혼초(返魂草)   16

가을이 아직 남은 까닭입니다   18

감 국   20

밤 비   21

기다림은 붉다   22

향 수   23

삶이 여전히 보채던 날   24

수수(愁愁)의 편지   26

청령포의 단종   28

태종대의 낭만   30

청춘의 수필집   32

독감보다 더 아픈 사랑   34

백치의 사랑   35

칸나의 꿈   36

극락조   38

너에게 머문 마음   39

서점에서   40

내 마음의 비   42

끝없는 성장통   44

작은 창으로 본 단상   45

겨울 갈대의 미망   46

듦이 가져온 덤   47

가을 사랑   48

제2부

거울 닦는 여자   52

순 정   54

치자나무 연서   56

일요일의 데이트　　　　　58

신세계 나들이　　　　　60

기차를 타고　　　　　62

반 응　　　　　63

둥근 밥상　　　　　64

무더위 속에서　　　　　65

전설의 마을　　　　　66

강남 아파트　　　　　67

단 절　　　　　68

비내암　　　　　69

도시의 봄　　　　　70

수지 탄생　　　　　72

헤아림　　　　　74

유월의 박달나무　　　　　75

백중기도　　　　　76

울지 않으려 해도　　　　　77

공항 엘레지　　　　　78

가버린 낙엽　　　　　80

고택의 정원　　　　　82

제3부

바다의 속삭임   86

등 대   88

영금정 파도 소리   89

애 업은 망부석   90

남태평양   91

바다의 시인   92

월파정을 바라보며   94

기 원   95

목적지   96

무궁화꽃   97

김삿갓 문학관   98

엄마를 닮아가며   99

은교에게   100

갯벌은 그리움이다   102

천수만   104

애 상(哀傷)   105

어촌의 귀향   106

작은 수해 108

하얀 진달래꽃 110

항해사 111

죽도 해변 112

보리밭 113

봇물로 주지 못하고 114

아련한 날개의 기점 116

소년, 소녀 그날을 가다 118

한탄강의 겨울 120

고문리 회상하며 123

첨단 배달부 124

더미의 감정 철학 126

제1부

시향(詩響)에 대한 반항

수년간 집필한 작품에 담대히 퇴거를 고했다
피상적인 감정이 드러나서
내면에서 우러나오는 그것이 마음에 차지 않거나
달콤함이 빠진 감정의 서투름으로 애절함으로 오는 감흥도
경험적 울림을 적절히 구사해 내지 못했다

꺼져!

다소 후련함을 느끼며 서투른 필력을 인정했다
공허해진 머릿속에 멍게의 쫄깃한 이질적인 맛을 느끼며
바다가 가슴속에서 파도치는 소리를 냈다

보이지 않던 말들이 조잘대며 수다를 떨어 귀가 임신한 듯하다
바람난 시인의 불면증이 완전히 익어
설렘이 다가오는 새로움에 커져만 간다
빈곤한 만족에 질려

방-빼!

붉은 산

신류산 용연못에 나그네 지나거든
우물가 두레박에 나뭇잎 배 띄워 볼까?

가는 세월 한번 가면 오지 않는다네
떠오른 얼굴 잊힌 듯 가물거려
숨 가파르게 푸른 날 가기 전에
쭉정이 콩깍지에 불이라도 지필까!

불씨 한 톨 지피지 못한 소갈머리
밴댕이에게나 주어버리고
늦가을 단풍잎에 쓴 낙서에 놓은 정
훠이 훠이 낙엽이라도 태워 볼까?

정작엔 보내지 못한 이 마음일랑은
붉은 해 산허리에 다홍치마 걸쳐 놓고
훠이 훠이 불이라도 지를까 보냐?

반혼초(返魂草)

사모한다고 말하고 그리 부끄러웠는지

당신은 아시나요

靈明(영명)히 빛나던 그 순간을 어찌 잊었다 하리

당신의 내면에 아롱진 따뜻한 빛

당신의 품에 안긴 날들의 아리아

야누스가 감춰진 당신의 뒷모습

뿌연 연기로 가려진 마음

가슴 저며낸 자리 어찌 아물었다고 말하리

아직 삭혀내지 못하고 흘러간 날

그 시간을, 어찌 잊었다고 말하리

애수의 그림자로 여인의 마음을 흔들어 설렘을 주던

아날로그의 빛나던 그 시절

그대의 조용한 뒷모습을 사랑할 뿐

그대의 뿌연 연기 속에 묻힌 이면을 알지 못했소

다만 진실로 진심을 알기 어렵다는 것이

어쩔 수 없는 아픔이었지만

언젠가는 다시 마주친다 해도 짧은 인연일랑

탓하지 않겠소

당신의 본체를 사랑했고
당신의 회색빛 사랑에 숨겨간 석정은
여리디여린 순정이었음을 잊지 말라는 것이어요

가을이 아직 남은 까닭입니다

가을빛으로 오르는 나뭇잎에도 달빛이 내려와 머물고
붉고 강직한 소나무는 높이 우러러 별을 품어 안고 가는 밤
강릉 허균 문화제가 절정에 닿으며 흥을 돋우고 있다
허기진 갈증을 풀어주던 색소폰의 떨림은
'천년의 사랑', '불꽃처럼 꺼지지 않는 그 사랑…'
형광색 불빛으로 잔잔하게 피어오르는 향연의 무대에
연주자와 관객이 흠뻑 젖어든 밤
달빛은 은빛 나래로 내려와 함께 머물러 있고
애절한 그리움에 바람도 멈추는구나!
잊지 못할 여운으로 애잔해지다가
울창한 숲에 깃든 새처럼 사뿐사뿐 나는 세 자매 장구춤
흥겨움에 들뜬 몸짓은 새처럼 날고 싶은 가을밤을
어깨춤으로 들썩거려 본다
오솔길에 핀 흰 고마리꽃 같아 청아한 주인공들
잔잔하고 낭랑한 목소리가 어울리는 낭송가의 연륜으로
허균의 시를 추모했다
교교한 달빛이 초당에 머무르니 푸른 옥 잔에 달빛은 누구의
달인가요
님 향한 목소리가 옥구슬이라서 저리 고울까

낭랑한 울림으로 고향이 그립더라
조명이 드리운 연단에는 낭송가의 여린 몸짓이 들국화 닮아
하늘거리고 사뿐히 걷는 걸음 애달프다
떨어지지 않는 발걸음에 아쉬움 남은 이 울렁증의 역마살을
거두어 가는 길에 화동의 꽃바구니로 흩뿌린 듯 가랑잎에도
갈바람의 파도가 일렁…

감국

작고 노란 꽃들이라
고산에 피는 들꽃이라 무심히 여겼지
꽃잎은 강렬한 향을 발하며 부리는 세도
내 성급한 판단으론 고약하다고까지 여겼다
모습을 세심히 관찰했다면
그런 서툰 편견으로 너를 외면하진 않았을 것이다
줄기와 잎에서 우러나오는 다섯 가지 맛은
나를 감복하게 했다
정신을 맑게 하고 마음을 안정시키는 효능은
차로 우려 마시며 오랜 후에 감지할 수 있었다
무심하다는 것은 무지에서 비롯된 성급함이겠거늘
한평생을 살아오면서도 내가 깨닫지 못한 진실들은
너로 하여금 알게 되었다
하여 오늘은 그대를 찻잔에 내리고
향기 나는 가을을 마셔야겠다

밤 비

어둠이 내린 저녁
추녀 끝에서 떨어지는 물방울 사이의 거리는
너와 나 사이만큼이나 멀다

감정의 소용돌이는 좁혀지지 않고
감성이 담긴 너그러움은 절대 쉽지 않으니
너는 쏟아내고
나는 바라본다

먹먹해진 내게
통곡하는 너는
푸념 어린 우울을 머물게 할 뿐
오랜 공황증을 멈추게 하는 위로는 아니었기에
그저 바라만 본다
빗소리 속
어둠으로 막힌
저 긴─ 밤의 여로…

기다림은 붉다

어두운 빛으로 물든 그날처럼
헤어짐과 만남의 빛깔은
명암이 투명하지 않다
감정의 바퀴가 순환의 과정에서
늘 제자리를 맴돌고
다시 만남으로 이어지는 짜릿한 순간은 없을 것 같아
가녀린 끈처럼 남은 인연으로
남기고 간 발자국의 길이를 세며 해변을 걸었다
해변 커피숍에서 본 수평선, 그 바다는
힘찬 파도를 일으켜 열정을 불러오는지
고뇌에 찌든 마음을 부풀게 하는지
붉게 타오르는 저 노을은
미래의 무지개로 뜨는 빛은 아닐까?
갈매기의 구슬픈 노래는 파도의 외침을 끌어안고
붉은 노을 속으로 퍼져 간다

향 수

시대의 상실이 멈춰 선 곳
통과할 수 없는 산
휴전선이 막혀
뻘건데기 대머리산에 포효가
오늘은 멈추었어요

깊은 산골에도 봄이 왔나 봐요

재인 폭포 맑은 물길 한결같아
예쁜 꽃밭이 된 널따란 정원을
친구야!
한탄강 추억하며 걸어보지 않으련

잊힌 마을에
계절마다 꽃으로 가득 차면
그리워할 사람이 있으니
하얀 손수건을 흔들며 외진 그리로 가자

삶이 여전히 보채던 날

저항하려는 힘이 불쑥
사월의 햇살 아래 두 주먹을 쥐었다

봄 가뭄의 굳어진 흙무더기 뚫고
솟아오르는 씨앗 한 알
기적으로 꽃대를 올리고 피어나겠지

푸른 이파리 팔랑이며
벌은 날아 꿀을 찾고
매미의 합창은 싱그러움을 더 할 것이다

피를 빠는 모기의 극성은
한여름 무더위를 더하는 감수의 시간
불볕 아래 널브러진 풀잎은
무슨 생각에 잠겨 새초롬히 졸고 있는지
이른 아침 지줄대던 새들도 낮잠에 들었나 보다
해 기운 시간이 되면 부단히 다른 생명의 먹이를 찾을 것이다

멀리 흙먼지 날리며 가는 자동차는 힘이 깃들어 도시로 간다

삶을 찾아 도시로 간 참새도
다시 향수를 찾아 날아올 때쯤엔
노란 은행잎 풍성한 나뭇잎 사이로 붉은 단풍이 알록이는
황금 들녘 추수가 한창인 계절이겠지

수수(愁愁)의 편지

이미 반환점을 돌아
재깍거리는 시곗바늘
인생이 석양을 향해가고
지평선 위에 핏빛으로 섰네
저 너머 스산한 기운이
낙수로 떨어져 되뇜으로 다가오는
말 말 말!
다시금 귓전에 메아리칠 것만 같아
작은 물체 하나 놓침 없이 헤아리고 있네
귀에 익은 소리에 귀 기울여 봤지만
또다시 허무한 적막은 공간을 덮고
그 공간 속에 가두고 마는
메말라 버린 열정을
허기진 야수처럼 삼켜 보았네
선을 지키려 해도
가끔 善에 대해 반감이 온다네
때론 원치 않은 장애로 의기소침해진
내면의 또 다른 나와 싸우게 되니
나는 무엇으로 사느냐고 묻기보다

어떻게 살아야 하느냐 하는
절절한 대답이 필요하니 말이오
이상을 넘어 자기 전부를 희생하고
고통을 감수한다는 것
그것으로 열정을 되돌려
시련을 이겨낼 용기의 자세
부디 육체의 의식으로부터
삶이 무의식의 선으로 가길 바라오

청령포의 단종

굽이쳐 흐르는 서강의 옥빛 물길
뱃머리 닿는 포구에
세월의 수만큼 닳고 닳아 뭉그러진 몽돌들은
서린 한이 배인 단종의 눈물이었나
홀연히 이어진 샛길 너머
관음 송 숲은 이끼를 머금어 고적하구나
한 발씩 더듬어 육백 년 세월 속으로 가면
어린 왕의 의연함으로
초가 대청에 앉아 기다려 줄 것만 같아
나그네 마음을 애잔히 붙잡는다
시종들이 부산하던 부엌 한쪽 편
문지방도 닳아 삭았는데
피우던 장작 연기 어디로 갔나
임 향한 절개의 읊조림으로 등 굽은 소나무
애달픈 인연에 연연하다
노산대로 향하던 발걸음에
연리지 나무가 위로하건마는
시름 젖어 망향탑 쌓으며
수십 길 절벽을 내려다보니

불복의 굴레에 기댈 곳 없어 처연했을
임의 자규시 한가락 강물에 흐른다

태종대의 낭만

오래전 거북선에 남긴 흔적들
어디에서 무엇을 하고 있는지
갯바위에 새겨진 추억도
그리움조차 바다에 잠겼는지
그때의 파도만 남아
반가움에 철썩이며 외친다

빗물 따라 등대로 이어지는 계단에서
낯선 호기심으로 기웃거린다
바다는 여전히 배들이 오가고
물거품 속에 묻힌 추억을
잊자고, 잊자고…

갯바위 전망대 찻집은
굳게 닫힌 정적만 남아
마음 허전해 쓸쓸히 되돌아 오르며
연인의 문턱을 지나려고 할 때 그를 만났다

까만 낙서 속에 섞인 이름
젖은 마음 녹아내리며
배시시 웃는 마음에 겹친 얼굴
그게 너였구나!
그리 기다리던 것은

청춘의 수필집

파스텔 물감들이 뒤엉켜
까만 흔적이 되어 버린
유월의 산
추억의 단편을 더듬어
낡은 책 속에 나래를 펴는
푸른 잎사귀
까만 글씨로 쓴 힘찬 필체
그리운 이름
삽화 속 너의 모습은 병사
방공호에서 공허의 틈새를 비집고
달빛 타고 내려온 소녀의 얼굴
병사는 아련한 선율의 소야곡을
하얀 종이 위에 쏟아내며
철마처럼 달리고 싶었겠지
철원의 지평선엔 한 서린 철조망
고지를 향해 소리치던 격전지의 전선
역전을 거듭하던 백마고지 앞에
비련의 역사로 남은 노동당사는
앙상한 세월의 흔적뿐

추억은 뭉게구름처럼

조금씩 조금씩 부풀어 가는

젊은 날 병사와 소녀의 이야기

독감보다 더 아픈 사랑

오슬거리는 등덜미로 바람이 스민다
슬며시 흘러내리는 비(鼻)의 잔해
천둥 같은 소리로 독하게 쏟아내어
내 안에 못된 물질들을 퍼내었다
그것만이
내 안에 응어리를 버리는 거라고
가슴에 파고들어 놓지 못한 미련을
재채기 한 번에 벗어날 수 있으면 좋으련마는
이것은 감기보다 더 독한 것이라
좀체 떨어져 나가질 않는다
지독한 약물로도 떨쳐 낼 수 없는
상사 꽃과 푸른 잎이 피는 시간의 차이
다가갈 수 없는 시련의 몸살을 겪고
그때서야 붉게 짙어진 저의 색깔로
가슴에 묻어둔 그리운 기억이라고
그리 이야기할 수만 있다면
툭툭 털고 일어나
서리 녹을 햇살을 마주하고 서 있을 터인데
오늘도 그대에게 못한 말을 뇌본다

백치의 사랑

나는 몰랐다
이렇게 말없이 기다리고 있었던 줄을
뽀얗게 바래진 상념들이
사리에 찔리고 있었는지
나는 몰랐다
간다고
정말 가겠다고
떠나기 아쉬운 눈물을 보였는데도
나는 왜
가슴 한쪽 아프다고 말하지 못했을까
떠나간 이는 떠나갈 때
이유가 분명했고
남은 내게도 서러운 사연 있었다고
오랜 가뭄에 목마른 초목은 풀기 없어
허전할 때마다
부스스 밀어 놓는 해맑은 미소
뒤늦은 아쉬움을 토해내는
무지한 사랑도
이제 와 생각하니 다시 그립다

칸나의 꿈

내일이 오면 뜰에
붉은 꽃망울 터뜨릴 초록 잎
키 큰 칸나를 심어 놓고
방 세 칸 단층집에 아침을 열어
예쁜 커피잔에 담긴 향기로 하루를 열고
어여쁜 사람들과
을을 룰룰 시 한 수 낭송하며
꽃밭에는 봉숭아 맨드라미 모여 앉아서
웃음꽃으로 피어날 테죠
싸리비로 쓸어낸 황톳길에는
붉은 칸나가 활짝 웃는 곳
행복은 고운길 따라 찾아오게 하여
거실에 도란도란 모여 앉아
클래식 기타로 행복을 풀어내야지
창의적 꿈을 만들어 가는
아이들 방으로 아침 햇살이 머물러 쉬어가고요
뒷마당 양지바른 터에 장독대를 놓고
달이 차면 차곡히 장을 담아 넣고는
보름달 닮은 하얀 행주로 윤을 내지요

하루해가 우듬지 나뭇잎에 앉을 때면
텃밭의 아욱을 소복이 뜯어
노란 된장국에 뽀얀 이밥을 지어 놓겠어요

극락조[1]

아름다움을 지킬 수 있다는 건
큰 노력과 시간의 무게로 쌓아 올린 것

삶을 갈구하는 한 조각
그늘진 귀퉁이에 드리운 명암 속에서도
그럼에도 불구하고 사랑한다
비록 순탄치 않은 이야기라 할지라도
열정적으로 목표를 향해 도전했고
세상을 알게 되면서 정열을 불태울 준비를 했다
결코 헛된 믿음일지라도
오직 사랑으로 삶을 살았던 그 순간만 기억하리라

폭우 속에 내리는 빗소리와 함께 쓸쓸한 아침
비운의 운명을 마주한 연주자
바이올린의 '아름답지만 슬픈 새'
그 아련한 선율을 느끼며…

---

1 bird fo paradise: 동남아시아에서 현존하는 새

너에게 머문 마음

너의 미소가 머문 얼굴이

화사한 벽지에 어른거리고

때로는 별처럼 초롱초롱

때로는 보름달같이 동글동글

네 웃음이 달아날까 봐

꼭 닫은 창에는 어둠이 찾아왔고

구식 턴테이블 축음기 음악은

시나브로 유혹의 음색으로

치걱치걱

이물질 불러들인 두통이 나른하다

돌고 돌던 이 마음

조각조각 찢어 실개천에 버렸어도

부질없이 미련만 남아

꽃무늬 이불, 그리움에 얼굴을 비벼봐도

너의 모습은 보이지 않고

부드러운 미소만 남아

끈적이는 더위에 착 달라붙어 아른거린다

서점에서

목이 마른다고 느낄 때 가는 곳이 있다
멍하니 한 곳을 응시하거나 빙글빙글 돌며 기웃거리거나
그곳은 먹는 물은 주지 않는다
어느 날은 집중한 나머지 뭔가를 찾는
또 다른 누군가와 부딪쳐 겸연쩍은 웃음이 나왔다
동질감의 설렘과 호기심이 스멀거렸다
새침하게 찾던 것을 가늠해 보니
어디쯤에서 본 것 같았지만 지나쳐 버리고 말았다
할 일도 없이 빈둥거리는 모습으로 비칠지라도 책 향기의 존
재를 찾아 때로는 매의 눈으로 먹잇감을 찾는 중이다
갈증은 몸속 어디에 깊숙이 숨겨 놓은 갈등이 원인일 거 같아
어디에나 쫓아오거든
그 갈증의 숨통을 찾으려는 것이다
언제쯤 괴롭힘을 멈추게 할는지 알 수가 없어
정신을 갉아먹는 병으로 올지도 모른다고 생각하면 소름이
돋아
그럴 때마다 눈물이 쏟아져서 아주 잠깐 갈증이 멈추기도 해
간절함이 공명하는 중력의 힘으로 밀려와 부서지곤 사라지는
걸 느껴

샘을 파고 정화된 맑은 물을 마시면
방랑의 벽을 허물어 새로운 시원을 찾게 될 거라고
우물은 맑고 차가워서
아마도 내 갈증의 원인을 치료해 줄 것 같아
모든 물을 다 마시지는 못한다 해도
'아마 작은 샘 하나 찾아내지 않을까?' 하고 말이지

내 마음의 비

어느덧 떠메어 간 긴 세월
부산한 계절의 한가운데에서
메마른 가슴
촉촉한 비를 기다린다

기다림은 늘 지루하고
언제든 올 것만 같다는 조바심이
아직도 너울너울 마음만 앞서
녹음 진 달밤에
꽃잎으로 피었다가 지기까지
무더운 밤은 정적으로 흐른다

젊음의 푸르던 날은
춘풍에 흘린 목련꽃처럼 스러져 가고
꽃잎 떨어져 아문 자리에
길고 긴 인연은 맺어지려나

시름에 뒤척이던 갈증의 밤

내 마음 아는 듯
후드득후드득 비가 오신다

끝없는 성장통

젊었을 때는 몰랐다

게임처럼 무책임하게 의미를 잊은 행동에는 가치 있는 절제와
통제가 필요하다는 것을, 나태한 삶 이면에 숨겨진 모습을 외
면했다

분노를 참지 못해 내뱉은 말에 상처받고, 술에 희석된 채로
마비된 업보의 끈질긴 후회가 돌아올 줄 몰랐다

인생의 전환점을 넘기며 알게 된 신체의 비밀스러운 변화를
늦게나마 조각을 맞추며 건강한 삶이 무너지고 있다는 것을

고고한 내면의 욕구로 채우려는 갈망으로, 배척자에게 쏟아
낸 비틀린 언어가 예언처럼 되돌아왔다

그 한마디 말의 파급 효과는 크고 깊었다

식빵의 뚫어진 구멍 사이로 무너지고 있는 육신의 죄를 보았다

침샘이 마르고 목구멍은 제구실 못 하며, 핏속에 녹아든 유기
체가 괴롭힌다

독선으로 녹여낸 험담이 내장에 붙어 느글거리며 단내를 풍
긴다

끈질긴 생존 본능으로 위험을 감수해야 한다

근육이 무너진 자리에 맥없이 주저앉자 오랜 비틀린 욕구로
인해 세월의 부메랑이 되어 깊은 억장으로 전해진다

작은 창으로 본 단상

화창한 새들의 놀이터를 가끔 훔쳐보며
창가에 턱 괴이고 생각을 멈추어 바라보는 그곳은 절대 시공
간에 삶이 하나 더 들어 있다
푸르름은 자유를 달고 액자 속에서 숨 고른 풍경화, 현실은
꼼짝없이 모기 밥
여름날 변덕스러움에 하늘은 먹구름을 몰고 와 시간을 흔들
고 공간 속 서핑 중인 눈과 귀에 놀라움과 흥겨움이 있다
엄마의 꾸중을 처음 듣던 날처럼
머리 위에 떨어지는 크고 우렁찬 뇌우를 처음 겪어 본다
감전되듯 사이버 공간을 넘나들며 현실과 공간 사이 정신의
경계가 허물어지고 공간 속에서 찬란한 지구 신비의 세상을
보았다
소낙비를 피해 뛰어가는 행인 뒤로 비닐우산 장수가 외치며
가고 속절없는 전봇대는 아랫도리가 흠뻑 젖는다
여름 한낮 타임머신을 타고 시간을 거꾸로 돌리다가 실없는
권태로움에 빠져든다

겨울 갈대의 미망

추수 끝난 둑길을 지키는 것은
어쩔 수 없는 운명 같아
붉은 가을 나풀대던 환상에 취해
너울너울 바람 앞에 섰다
그림자처럼 그 겨울에 붙어
또 다른 존재로 들녘에 남아서
이미 시들어 버린 줄기에
서리 맞은 씨앗도 털어 내지 못하고
치유할 수 없는 내면의 눈물을 삼키는가
너라는 운명과
나라는 시련 사이의 굴레에서
이 겨울을 보내고 나면
새롭게 시작하리라 다짐해 보아도
새해는 늘 그대로 꿈을 품기엔 연약한 갈대
단단히 다져진 씨앗 하나 영글어 내려
새 생명의 깃발을 올려 보지 않으련

듦이 가져온 덤

새벽의 고요함 속에서 만삭이 된 이명이 끓어오른다. 머릿속을 헤집고 하나, 둘, 허물어진 관계의 이별을 극복해야겠다고 문득 나이가 주는 무게를 느끼며, 지루한 노년의 잡다한 생각으로 인해 무디어진 관절의 비명을 잠재우려는 노력은 한 마리 모기가 목덜미를 빨고 간 가려움증 같다. 주어진 시간을 잊고 고뇌하던 것에 대한 되풀이되는 헛된 생각으로 가득 찬 퇴보하는 노년이 아니길 바랐다. 걷고 늘리고, 뻗어 올린 몸의 지속적인 움직임과 운동이 생명을 유지하는 에너지의 파동으로 지탱해 가는 나이임에도 정신은 또렷하게 선명해지는데 육신은 따라가지 못해, 무뎌진 신경세포에 무겁게 전해지는 줄다림의 고독도 견뎌내야 한다. 노년으로 가는 길에서는 촉각의 시간을 유지하려는 지혜의 노력이 필요하여 나이 든 용기로 살아가지만, 용맹을 잃은 표범처럼 무지로 끝나는 것은 아니길 바랐다. 현재를 자유롭게 날 수 있는 발전된 세상은 삶의 가치를 배우도록 독려하는 문화강좌들로 향상된 삶을 옹골차게 일깨워 준다.

가을 사랑

동행할 손 맞잡고 떠나요
핑크뮬리 가득한 정원으로
생각과 행동은 늘 동반하는 감정이라서
나아가는 그곳까지의 거리는 지척이고
손을 내밀면 잡힐 것 같은 풍경
설렘이 빠지면 맹물같이 싱겁거든요
하지만 계획은 생각처럼 녹록지 않은 거리이기도 하지요
살아가는 조건과 환경이 달라 마음뿐일 때가 많아서
지친 몸, 힘든 몸 안길 팔이 필요하신가요
벌판으로 뛰어가 바람에 안겨 보면
머릿결이 얼굴을 스칠 때 가라앉은 기억을 소환하여 날리면
붉은 꽃의 노래 들리고
한결 가벼워진 마음이 떨리는 걸 느끼죠
바람에 흔들리는 갈대를 보며 마음이 흔들리나요
갈대는 바람에 제 몸을 맡기며 가을을 보듬고 있네요
벌판 가득히 핀 꽃
꽃을 품고 누워 본 적 있었던가요
아무 일 없는 양, 들꽃은 잠시 후 일어나 활짝 웃네요

제2부
—

거울 닦는 여자

붉은 입술과 하얀 이는 아름답다
이십 대에는 분홍색 립스틱만 바르더래도
그런대로 예쁘고 순수해 보였다
모든 여자는 거울 앞에서 자신을 바라보며 매력을 가꾼다
얼굴을 다듬는 것은 끼니마다 빠질 수 없는 김치처럼 필수적
이다
거울을 안 본 날은 혼자의 휴식 날
여성은 기미가 생기면 초라해 보이고 자존감이 떨어진다고 느
낀다
그 이유는 위가 안 좋아서라기도 하고, 나이가 들어서 검은색
이 도드라진다고도 했다
그 말에 위안을 삼는다면
모나리자의 미소만큼 아름다운 미모와 개성을 지닌 여성일
것 같다
화장하지 않은 여성의 얼굴이 예의가 없다고 한 말을 생각해
보면
그것도 편견 중 하나였다
화장을 잘 못 하는 탓에 거울의 필요성을 덜 느끼며 살아왔다
요즈음 변하고 싶은 마음이 생긴 것은 아름다움을 지닌 여자

가 되고 싶은 욕구인지도 모른다

여성적인 아름다움을 지키는 것이 매우 귀찮고 성가신 일이다

매일 거울을 닦고 얼굴을 다듬는 것은 새로운 변화를 위한
준비이고 나이가 들어 변화되는 노력이 계속돼야 한다고 자신
을 독려해 보며

거울 속에 세월을 녹여내어 주름살의 두려움에서 빠져나오겠
다는 일념으로

오늘도 거울을 닦는다

순정

날개를 펼치고 세상을 향해 달려가는 동안
네게 안기었던 수많은 날의 기억은 고마움이다
나에게 삶으로 낭비하지 않겠다는 의지가 있어서 내일을 열며
달렸다
사람들은 버스를 타거나 전철을 타고. 또 자동차는 도로를 달
리면서 생계의 터전에서 꿈을 키우며 살아간다
삶이 넘실대는 희망을 따라가는 것만큼 신나는 일은 없다
미래로 가는 특급열차만큼 멋진 일이다
차창 뒤로 여명을 열고 있던 동살에 비낀 청색 노을을 보기
도 하고 큰 트럭에 짐을 가득 싣고 등이 휘어지는 무게도 감
내하며 다독여가는 활기가 있다
삶의 광경들은 도로에 끝이 없이 이어져 달리고 있다
이상의 날개를 달고 살아가도록 도와준 싼타모의 희생 어린
십 년이 가없다
삶이 땀으로 익은 소중한 관계였고, 함께 돌아오는 길은 언제
나 엄마의 품속 같았다
그 품에 안겨 삶을 기대해 온 열정도 있었다
부서지고 깨진 끝자락을 지날 때마다 기억의 편린이 된 애잔
한 그리움이다

그 기억을 기꺼이 보내주어야 했지만
삶을 희망과 꿈으로 펼쳐 내며, 그 품에서 울며 웃던 날의 감
회가 풍성하게 여문 마음을 소곳이 머물게 한다

치자나무 연서

치자나무 화분을 주워다가 마당에 심었다

버려지는 것은 저항의 힘을 잃고 손 내밀어 세워줄 누군가에게 이끌려서 첫걸음을 딛는 일이다

핏기 없는 메마름으로 몸에서 온기를 앗아간 무관심에서 관심을 주는 것은 주변에 버려지고 소외된 것에 깃들어 다가가는 연결 고리이다

단호하게 제거되는 종양처럼 소외된 곳의 무관심은 더욱 애정으로 살펴야겠다

뿌리 깊이 영양분을 주고 겨울을 지낼 수 있도록 포기하지 않은 마음으로 비닐 방풍을 쳐서 보호하였다

무사히 겨울을 보낸 마른 가지, 따뜻한 봄바람이 불어오지만 돌아올 수 없는 인연 같아 잎을 피우려는 의지가 없어 보였다

화초를 돌보는 것은 자상하게 보살펴 주는 일이어서 마주 보고 웃어주면 꽃도 예쁘게 피고 생기가 돈는다고 한다

들락날락 눈 맞춤으로 인사를 했다

햇볕이 강렬해진 늦봄을 보내고 아주 작은 새싹이 돋아나왔다

되돌린 사랑의 편지인 것처럼 반갑다

장맛비를 견디고 나면 무성한 잎이 피어 나와서 꽃도 피고 열매도 열릴 것이라는 기대감에 가슴이 뛴다

순진한 내 눈은 자주 그와 눈 맞춤으로 끔뻑여 보았다
보호받지 못하고 버려졌던 나무에 다시 꽃으로 피지 못한다고
해도
'내년에는 튼실하게 자라나서 칠월의 치자꽃을 보게 되지 않
을까?' 하며
미래의 희망을 품고 버려진 것에 대한 아픔도 성숙한 날
하얀 꽃향기가 짙어질 그날의 담장 아래 햇볕처럼 기다린다

일요일의 데이트

붉은 태양이 일요일 아침의 향기 따라

창 너머 꽃밭으로 스며들 때

진한 립스틱, 검은 속눈썹으로 단장한 얼굴엔

밀회의 설렘으로 가득하죠

달콤하게 울리는 핸드폰 벨소리에

가슴은 두근거리고

홍조 띤 얼굴이 달아오른 내게

창밖 하얀 백합이 짓궂게 웃고 있죠

수다스러운 차 안에서

시원한 바람의 노래를 들으며

생동감 넘치는 푸른 숲으로 향하는 길 위에는

도시를 떠나온 들뜬 낭만의 연인

경춘 국도로 달리는 바퀴의 힘찬 울림에

호기심 찬 속내를 들키진 않았지만

그대의 미소로 보아 짐작되는 설렘이죠

여유로운 웃음이 가득하고

장미꽃이 새겨진 로열 앨버트 커피잔에

헤이즐넛 달콤한 향기로

클래식 기타 줄에 흐르던 노래는

윤슬에 반짝이며 우듬지 햇살 속에
가슴 뛰는 오후의 소풍

신세계 나들이

화사한 물감으로 그린 은은한 담 채색의 삶이
컴퓨터 속 카페에 모여 동호인들이 쓴
맑고 순수한 안개꽃 다발 같은 이야기를 읽습니다

가슴 한구석에 따뜻한 정이 차오르는
미지의 세계
무엇이든 물어보면 다양한 답이 오고
위로와 걱정을 나누는
그곳에서
아름다운 사랑의 여신 아프로디테에게
그녀보다 더 아름다운 사랑의 미소를 보냅니다

초콜릿 커피 향이 코끝을 맴돌고
다채로운 풍경에 취해
커피 한 모금 우아하게 입술에 닿으면
홀로그램 카페에서
혼자만의 여유를 즐기는 멋으로 흥겨운 시간
바쁜 삶을 살아온 피로가 젖어 들며
커피의 온기가 천천히 목을 타고 내립니다

프랭크 밀즈의 경쾌한 피아노 건반 춤사위에
행복이 귀를 열고
테이블에 기대어 팔목 사이로 흐르는 리듬에 맞춰
발꿈치 흔드는 주말 오후입니다

기차를 타고

도시를 떠나
기적소리 잦아드는 그곳으로 가야겠다
언젠가 본 듯한 간이역
차창을 스치며 겹쳐 지나가는 무상한 계절 뒤에
아스라한 철길 저편에 잔상들은
이제 낡은 사진첩 속에 간직해야지

평행선을 따라 놓인 레일 위에
심장의 박동으로 움직이는 힘찬 바퀴
다시는 퇴색하지 않을 인생을 지나
무색계(無色界)로 가는 황혼의 정점(頂点)에서
산야와 더불어 나래 깃 펼쳐 내는
담채의 뜰
소박한 그곳으로 가야겠다

반 응

촉각이 곤두섰다
날아든 비수가 뒤통수에 꽂혔다
의도치 않은 두려움의 깊이를 재어 보았다
참을 수 없는 덩어리가 배꼽을 타고 올랐다
시답지 않거나 아니꼽거나
일그러진 상대의 퀴퀴한 입 냄새가 났다
목구멍으로 치솟는 누런 속물 덩어리를 다시 내려보내고 쓴
입맛을 다셨다
여전히 식식대는 상대의 이빨에 죽을 것 같은 공포를 느낀다
상대가 멈추지 못하고 앞발을 바닥에 긁었다
뒤로 한 발 물러서며 하얀 허벅지가 보일 때처럼 수치심이 왔다
마른침이 꼴깍 넘어갔다
나의 급선무
쓰디쓴 오물을 씻어 내려는 집착
침샘이 고이기만 기다렸다가 몽땅 집어삼키는 반복적 행위
겨우 두어 걸음 뒤로 갔을 뿐인데
기세에 돌진하던 상대가 돌부리에 걸렸다
제풀에 나가떨어져 내 동당이 처진 상대는
제 아픈 상처에 감히 내 상대가 될 수 없다

둥근 밥상

하루의 일과를 마친 오후
어머니의 단꿀로 지은 밥상이 방 한가운데에 놓이면
하던 일 내려놓고 밥상 앞에 모여 있다가
아버지 밥숟가락 뜨고 나면 다 함께 저녁밥을 먹게 되지요
투덜이는 늘 투덜대고요
짹짹거리는 애는 연실 이야기를 꺼내어 놓으면
"복 나간다." 한마디에 잠자코 밥만 먹지요
밀고 밀리며 투덕거리던 형제는 밉다가도 의지가 되는 응원자
이고요
단출한 밥상에도 토실한 사랑이 담겨 있어요
제각각 일상사로 정담을 나누며 우애도 깊어지고요
속상하고 난감한 고민이 있거든 저녁상 앞에 모이세요
부모님은 상처받은 응어리를 주물러 정을 주지요
가족과 오손도손 이야기를 나누며
둥근 밥상에 웃음 가득한 저녁이에요

무더위 속에서

올여름은 유난했다고
선풍기 바람은 치덕거리고
공기도 무겁게 가라앉고 이겨내지 못해
문턱 넘어 대지의 오수를 엿보고 있다
계절을 탓하지 못한 채
하늘에 덮인 구름을 보며 퉁명스레 채근하였다
참다못한 열기도 제 탓인 줄 알았을까?
더운 열기가 몰고 온
소나기구름
굵은 빗방울이 후드득거리며
갈증을 풀어
생기 얻은 이파리 찰랑이며 숲에 깃든다
새초롬하던 꽃들이
빗줄기를 맞이하여 반기듯 제 얼굴을 내밀어
배시시 거리며 수줍어한다
빗방울도 장난치듯
토닥토닥 떨어지고
꽃은 재미난 듯 뱅그르르 웃었다

전설의 마을

아스팔트 길을 따라가며
옛 마을이 관광 유원지로 변모한 풍경
황톳길의 붉은 흙먼지가 사라진 것은
우리들의 변화된 삶이 있었다
토토봉 앞산으로 석양이 들면
해 꼬리 감추던 저녁 무렵
굴뚝 연기 구름 따라 하늘로 솟고
"얘들아, 밥 먹자"
엄마의 다정한 부름은 메아리로 남아
석양에 물들어 가는데
지장산 맑은 물은 오랜 세월 변함없이 재인 폭포로 흐른다
한탄강 옥빛 물이 식수가 되었던 마을엔
개똥벌레가 별이 되어 반짝이고
지천으로 쏟아지는 별밤의 고왔던 꿈은 미래를 향했다
부엉이 울음은 산 넘어 고향으로 가는 걸까?
소쩍새는 휴전선을 넘어 가을 찾아가는 걸까?
실향에 눈물짓던 사람들 북망산 찾아간 건 아닐는지
주상절리에 곰보 바위는 그대로인데
되돌릴 추억이 사라졌어도 꿈을 키우던 강
장벽의 어둠이 밝게 빛날 그날을 위해

강남 아파트

자본주의의 위세로 불야성을 이루며 발전된 구역
삼십 년 넘은 낡은 아파트를 산산이 부수어내고
더 편리하고 더 현대적인 아파트로 변신하는 재건의 역사
수십억, 억!
종일 탐스러운 무다리로 서서
일개미의 혀로 닦아낸 부지런한 하루가 저무는 저녁
해장국으로 말아놓은 술병에서 쏟아내는
알코올의 힘 알싸한 감정의 통제 앞에
그건 꿈이야
오르지 못할 나무 같은 몽상가의 꿈
여우비처럼 잠깐 왔다 가는 행운을 붙잡지 못해
맥없이 주저앉아 질척거리고 마는 햇살을 삼켜버린 뒤에
불어 터진 국수 가닥 같은 얼굴로 하얗게 질려
지레짐작은 하지 말았어야지
예전에도 더 먼 그날도 그랬었지
세상은 변한다고 애꿎은 상념에 불거진 뒤틀린 감정의 소용돌
이를 거두어
이루지 못한 틈바구니에 가로막은 통제의 틀을 거두어 내며
곰살궂은 마음으로 어르러 본다

단 절

단절은 서로에게 필요했던 것이 사라지면서 시작되었다
벽을 쌓아 소통이 필요 없는 관계
열정이 타오르다 맥없이 사그라들고
삭막한 검은 어둠 속에서 불모지처럼 변해버린 것이다
예전에는 아름다웠던 감정의 흐름이 멈추고 식어버려
화석처럼 굳어진 자리에는 돌아갈 수 없는 통곡만이 남았다
깊이를 재어보지 않기로 한 그 굳어진 덩어리의 암석처럼
서로의 그림자가 차갑게 등을 돌린 순간
애증의 그리움과 늪으로 빠져버린 목맨 안타까움이 남았다
타오르지 않는 화산
심연으로 꺼져가는 용암처럼
가슴 깊은 한쪽에 남은 불길로 어이할까

비내암

아들을 곡사포 울타리 속에 남겨두고 오는 길은 녹음이 울창
한 계절
집으로 가던 길에 아름다운 풍경이 발목을 잡은
만산봉 깊은 골
세상 구경 나선 비래바위가 정처 없이 떠돌다가 잠시 쉬어 가
려다가 산새가 아름다워 산봉우리 터에 자리 틀고
너럭바위에 연꽃 모양의 웅덩이에 시간의 쾌적을 새겨 놓은
아름다운 절경에 누운 바위는 신선이 내려와 쉬어갔다는 전
설의 비경이다
병풍처럼 펼쳐진 벼랑은 암벽 타는 사람들이 차지하였고
대나무 숲에 고요를 뚫고 비비잘 거리는 저 새는 뉘라서 홀로
왔느냐
발 닿는 곳마다 바람에 풀잎이 일렁인다
비내암 전설에 신선이라도 만나 볼까?
호기심이 발동하여 방랑의 객으로 하룻밤 민박을 청해 누워
보니
밤하늘 별들이 무수히 내려와 어둠은 별꽃으로 피어 휘황하다
힘찬 여울물은 아들이 부르던 우렁찬 군가 같아 그리움을 녹
인 채 아침을 보았더니
새들이 이 나무 저 나무 지절거려 새날이 왔음을 알겠더라

도시의 봄

아침을 여는 그대, 누구신지요? 참새는 짹짹대고
까치는 모과나무에 앉아 갓 핀 꽃을 바라보네!
아파트 단지에 흐드러진 봄 꽃밭 사이를 지나
말괄량이 삐삐가 바람을 타고 오면
라일락 향기는 높이 빌딩을 향해 날아가
창공을 펄럭이던 현수막에 몸을 기대고
연보랏빛 얼굴로 활짝 웃네요
맘에 드는 짝을 찾으셨나요?
아기도 순풍 잘 낳고요
두 명의 자녀를 낳으면 행복하게 산데요
세 명 자녀를 낳아도 백년해로가 당연하다지요
시골 사는 총각이 선녀를 만나기 위해 도시로 왔어요
쓸쓸한 현실이 된 노총각 신세
정오의 만찬을 기웃거리다가 해방된 자유를 느끼며
인파에 휩쓸려 휘청이는 바람도
진열장 파스텔색 바람도
잉크로 그린 빛나는 젊음이 있어 도시는 활기차요
이번 주말에는
알록알록 물든 대지의 힘을 온몸으로 느끼며

꽃향기를 따라
아늑한 울안 삶의 행복을 채우리라고
열망하는 날이 여물어
또 하나의 탄생을 이루는 봄

수지 탄생

하늘 끝 모르고 끝없이 오르는 땅값
문전옥답 둘러싸고 솟아오른 아파트
농촌 마을은
미래의 기대에 차올라
그들의 만족감이 푸르다
농부들 수십 년 공들여 갈고닦은 터에
조상과 부모님 모신 무덤을
파내어라 없애거라 하며
입주민의 구호가 현수막에 걸려있다
수백 년을 이어온 느티나무는 마을 수호신
바람도 그늘에서 쉬어 가는 곳
땅값의 위세에 몰려 위태로운 상황이다
아침에 나무를 베려던 작업자가
다쳐서 일을 못 하고
다른 인부는 교통사고로 작업을 못 하게 되어
당산나무에 저주가 있다는 소문이 돌지만
하루가 멀다고 발전하는 이곳은
산을 깎아내며 자연도 아파하죠
달여행 머지않은 세상에서

변화는 필연적인데
평생을 흙과 함께한
주름진 농부의 손마디에도
부와 욕망이 가득하다

헤아림

속을 알 수 없어 전등불을 켠다
하얗게 밝힌 형광등이 추위에 떨고 있다
언제부터인가 난로가 필요했다
아마 흰 머리카락이 보이기 시작할 무렵이었을 것 같다
왜 몰랐을까!
엄마가 갯벌에 나가 한나절이 넘어 들어올 때마다
난로를 끌어안고 잠깐이라도 앉아 쉴 수 있었다는 것을
어둠이 내려오면
침침한 눈으로 텔레비전 소리만 크게 틀던
일찌감치 쪽잠으로 주무시던 불 켜진 방
그때는 모르다가

인생은 뒤늦게 알게 되는 것일까!

유월의 박달나무

시간을 담고 바래진 하얀 박달나무꽃
아버지가 즐겨 입으셨던 모시 적삼과 같다
젊은 날을 빼앗아 간 그 시절의 기억은
희미하게 멀어진 백발이 되어
슬픈 역사의 이명을 앓으며 숨죽여 열린 울음
유월의 녹원
산능선 너머 울려 퍼지는 아우성과 함께
선명하게 드러낸 협곡 사이의
적군을 쫓아 달려가던 그날
붉은 선혈이 만발하다간 지고 또다시 물들던 산야엔
하얀 박달나무꽃이 피어있었다
도롱뇽 잡아 배고픔 채워낸 삼팔선 지뢰밭 길
한여름 햇살은 철모에 쏟아지고
인륜은 나뭇조각처럼 사그라드는 포화는
젊은 날의 푸른 이름들이
지천을 떠돌며 하얗게 아버지의 기억 속에서 혼으로 피고 있
었다

백중기도

풍경 소리가 바람에 실려 푸른 소나무에 걸터앉은 법당 앞,
포대 화상의 큰 웃음으로 정화된 마음이 되고 대웅전 삼보님
께 삼배를 올리면서 대원 본전 지장보살 님 업장 소멸 기도합
니다. 향불 올린 법당에서 스님의 목탁은 경건하여 반야심경
마하의 속도로 산 너머 동네까지 퍼져 가면 그곳엔 자비로움
이 가득할 것입니다. 우란 분절[2] 영가 전에 유구무구 고혼 영
가, 부모님 영전에도 참배하여 비옵니다. 회심곡을 들으시면
과거, 현재 미래의 삼생으로, 이승에서 맺은 인연 업장으로
얽힌 인연 돌이켜 뉘우치고 바른 신앙 얻어서 해탈하게 기원
합니다. 목련존자 신통력에 지옥문을 여시니 이승의 묵은 짐
을 털어내어 극락왕생 빌고 또 빕니다. 그리움에 합장하여 기
도 공양드릴 적에 향불에 지핀 간절함 들으시면 중생들 업보
에서 뻗어나게 하소서. 사십구 일 동안 일곱 번째의 제를 드
리고, 회향으로 업장 소멸 소재합니다.

---

2 우란 분절: 음력 7월 15일 불교 행사의 하나
   산자는 자기 업을 맑게 하고, 돌아가신 조상님께 천도하는 기도

울지 않으려 해도

사월의 꽃들이 다투어 피고 벚꽃잎이 기약 없이 지키고 있어요
하얀 웨딩드레스를 보다 더 맑은 목련꽃이 축포를 올리며
시골집 마당에도 사과꽃과 수수꽃다리, 좋아하시던 산딸나무,
할아버지가 된 살구나무꽃이 무수히 피어
어른이 된 내가 돌아오길 손꼽아 기다려요
팔순의 아버지 참 오래 잘 살았으니 이제는 여한이 없다고 하
셨지만 울릉도에도 가 보고 동생이 사는 미국 한번 가시기를
소원하셨지요
눈 한번 크게 뜨고 가 보시려는지요?
억세게 부리던 이젠 녹슨 파란색 트럭을 푹신한 작은 승용차
로 바꾸어 어머니 엉덩이에 박힌 무딘 삶을 어루만져 주려고
하셨지요
표현하지 못해 미안하고 고마운 마음으로 다독여주려 하셨지요
이루지 못한 기억 놓아두고 가시는 길, 발길이 떨어지셨을까요?
배고팠던 보릿고개 강산에서도 강인한 정신
그 혼 횡—히 날아 좋은 곳 가시어요
보릿고개의 봄 멀리 떠나온 곳에서
바닷가 갯벌에 해무가 짙은 그 바다 옛길을 따라가면 자꾸만
임 생각이 나요

공항 엘레지

붙잡지 못하고 떠나보낸 공항 게이트
사랑했단 한마디 끝내 못하고
잡은 손 놓으며 뒤돌아 가는 들썩이던 어깨를 기억해요
뒷모습에 가리어진 무게에 닿아 더딘 발걸음을 보았지요

안녕, 부디 안녕
흐느끼며 부르는 노래
누군가 흘려놓은 노랫말을 주우며
차장으로 바라본 하늘길은 석양이 붉어졌어요

조금씩 조금씩 멀어져 간 세월의 기억 속에서
잊히면 사라졌을 단편의 청춘 시절
청개구리 군복에 작대기 넷
세월에 산정호수 노 젓던 나룻배도 사라졌어요

가는 길이 다른 굴레 속에서
추억하며 남긴 애달픔으로 기다리며
페이스북에서 찾아온 실리콘밸리의 안부
그대의 밝은 웃음 덕분에 되살아난 기억의 위로가 돼요

그대는 어떤 경험과 추억으로 성장한 삶이었을까요?
지나온 길, 그대의 소중한 시간 여행 이야기를 듣고 싶네요

가버린 낙엽

너는 낙엽을 밟으며 가슴으로 아파 보았니

가을 잎이 떨어질 때

덕수궁 돌담길을 둘이 걸었지

알록이는 빛으로 영원의 약속으로

손도장을 꾹꾹 눌렀어

가을 찬바람에 단풍은 핏빛으로 붉어졌고

그때 붉은 것은 모두 사랑이라 여겼지

꿈결 같던 날에서 깨어나 갈등하게 하는

절박한 현실의 무게에

권위로운 삶의 방식 그 호화로운 경계를 넘을 수 없어

길이 없는 흔들림에도 쉽게 열지 못한 마음

다정한 손짓

작별 인사 같아서 말이야

난 그랬어

늦가을은 온기가 없다고 사랑 투정을 부렸지

몹시 추운 겨울이 오고 있었고

낙엽은 바람으로 살아나 팔랑이며 날아가서

겨울을 건너

봄으로 그대와 가고 싶었지!

하지만 떠나간 너를 기억하면서

지금 가을 낙엽을 밟으며 그 돌담길 걷고 있어

고택의 정원

단아한 삶이 묻어나는
낡은 세월을 간직한
예스러운 향기가 소박한 종가댁
마당에 내려서면 싸리비 치걱 치걱
땅 고르는 소리
툇마루에 다듬이 두드리는 소리 들릴 듯하고
새들은 꽃나무 사이로 날아든다
안채에 놓인 삼층장과 아랫목에 서안은
방금 글 읽다가 출타한 주인의 흔적이 남은듯하여
은밀한 회상으로 엿보았다
뒷마당 장독대 옆
청매실 꽃이 싱그럽게 피고
항아리 속에 익어가는 메줏덩이 쪽배 탄 듯하고
마른 고추와 태운 숯이
검붉게 농익어가는 간 물속에도
예스러운 봄이 익어간다

제3부

바다의 속삭임

그것은 파도를 넘고 바다를 건너 달려오고 있다지만 한 번도
보지 않은 얼굴이다
가혹한 자연과 맞서는 사투에 얼룩진 땀방울을 함부로 알 리
없고
거센 바람을 넘어 수평선을 가로지르는 고독한 고뇌로 이루어
낸 투지의 깃발이다
이글거리는 태양으로 허기를 채우는 바다에
검게 그을린 얼굴을 알아보지 못한다 해도 변하지 않는 본능
적 사명감이 존재했다
아침의 조곡으로 뜨는 바다의 노래
붉게 솟아오른 잔잔한 태양과 파도에 밀려온 낯선 시어들이
모래 속에 숨었다
휘어진 소나무 마른 껍질이 벗겨지는 아픔은 아닐까?
숨비기 잎에서 솟아 나와 천상의 꽃으로 피어
신비롭거나 사랑스러운 말로 회유되는 건 아닐까!
모래 속을 헤집어 시어를 찾지만 쉽게 열어 둘 리 만무하다
맑은 뿔소라의 노래가 점점 커지며
수평선 넘어 그 너머에서 위성을 타고 온 고래들의 축가를 반
긴다

구릿빛 시어는 신선이 되어 하얀 수염을 날리며 돌아온다고
했다
반가운 만선의 기쁨이 모두에게 별처럼 쏟아져 내렸다
굼뜬 엉덩이를 재촉하며 드디어 용기 내어 달렸다
파란 하늘만큼이나 맑은 꾹저구³ 한 그릇에 기분이 좋아졌다
들뜬 수다가 지천으로 널려 조잘거려도 옅은 미소로 깜빡인
눈은 웃고 있음을 보았다
어제도 오늘도 갈매기 발자국 따라 깊이를 알지 못하는 바다
의 언어
시인이 사랑한 푸른빛으로 철썩이는 유리알 같은 파도의 물길
을 보았다

---

3 꾹저구: 민물고기의 일종 미꾸라지보다 짧은 몸길이에 입이 크다

등 대

저 멀리 뱃고동 소리
휘몰아 도는 파도를 넘어오시려는지
순풍을 안고 오시려는지
언제나 기다리고 있어요
망부석의 지순한 기다림은 전설로 잊히더래도
부표의 뒤뚱거림이 그대 마음이 아니란 걸요

붉어진 볼에 빛이 반사되어 반짝이던 그 맑은 눈을 못 보셨나요
그대가 모른 척 지나가도
붉디붉은 장미꽃으로 그대를 감싸안고 춤을 추겠어요
별빛보다 더 선명하게 보름의 달빛보다 더 환하게 그대를 지
켜보아요
만선의 기적소리가 들려오는 새벽
타버린 가슴을 내려놓을 시간이에요

그대를 기다리던 빨간색 등대의 외사랑에
바람도 잠든 고즈넉한 바다
그대 기다릴게요

영금정 파도 소리

영금정 발아래 슬피 우는 거문고야
속세에 묻어둔 그리움은
달빛에나 놓아주렴
하늘에서 내려오는 선녀의 자태는
세월에 잊어가는 비금대의 전설이고
거문고가 슬피 우는 오월의 영금정을
옥빛 물결에 띄워 두고 기약 없이
나도 돌아가는구나!

애 업은 망부석

서해는 해풍이 밀려와
모래언덕을 넘나들며
그리움 한 줌씩 덜어내어 바다로 간다
세찬 파도가 갯바위에 올라서서
거친 담금질로 사위다가
다시 일어나는 그리움의 파도
부딪히다가 꺼지는 거친 숨소리가 들려
애절한 저녁 바다는 해당화만큼 붉다
우두커니 바다를 바라보는
망부석 바위의 전설
애타는 그 마음에 가슴이 저미는데
한세월 녹여 기다리다가 멀어진
포대기에 동여맨 식어버린 숨결이여
그리움 속에 멀어진 세월을 부수어내고 싶다

남태평양

굵은 낚싯줄을 펼치며 거센 파도를 넘는다
지구상의 모든 고요를 품고 마음까지 비울 수 있는 그곳, 적도
청새치의 푸른 유영을 따라간다
핑크빛 노을과 마주한 뱃머리에 앉아
광대한 바다는 깊어 공명으로 우리를 젖게 하는 고요의 숙연
함 속에
삼천 번의 기도로 안전을 기원하기에 부족한 듯한 바다
스스로 섬이 되어 자신의 섬 안에 인내로 채우는 먼

털보 선장은 달을 보며 외쳤다
청새치다
청새치가 왔다

굵은 빗방울이 쏟아지며 갑판 위에 절실한 노동의 이야기들
침묵이 내려앉은 광대함 바다에서 단련된 인간의 본성은
오히려 피를 빨아들여 색을 더하는 붉은 불길 같다
생명들이 불길처럼 색으로 깃든 갑판 위로 쏟아졌다
짜디짠 물에 씻긴 고된 삶이 현기증으로 흔들리며
오늘도 그 뱃머리에 핏빛 노을이 걸려있다

바다의 시인

저 넓은 바다가 파도칠 때는
그대 마음인 줄 알았습니다

파도가 해변으로 밀려와 부서질 때는
그대가 보내온 소식인 줄 알았습니다

밤하늘 별들이 반짝일 때마다
그대가 보내는 눈빛인 줄 알았습니다

등댓불이 수평선에 다다를 때는
만선을 이끌고 돌아오는 길목인 줄 알았습니다

먼 먼바다에 그대가 살고 있는 것을
폭풍이 몰아치는 어느 날에 알았습니다

그 바다가 뼈를 깎고 정신을 무너뜨리면
그대가 지쳐가고 있다는 것을

파도와 함께 모래알만큼 많은 이야기가
시련 속에 부서지고 깎여진
눈물의 진주였다는 것을 이제는 알겠습니다

월파정을 바라보며

경포호 비춰주는 야경 속에
달빛 아래 쉬어가는 월파정
세월의 흔적을 역사에 남기고
새들만 모여 앉자 조암을 지키는구나!
밤하늘 둥근달이 호수 위에 내려앉고
별 그림자 벗 삼아
정담을 나누려
이리저리 둘러봐도
옛사람은 이미 떠나고 없어
달을 담던 옥 술잔도 이제 소용이 없네
그대 눈에 비친 달을 다시 볼 수 있기를…

기 원

터져라 하늘아
타버린 오월의 논바닥
물길 틔우려고 삽질만 내고
해맑은 하늘 곱지 않아
빌고 빌어
터져라 하늘아
눈치 없이 싹을 내는 못자리에
메마른 논 올챙이는 깨어나려나
솔바람은 가고
하늘 높은 더운 바람아
구름 속 찌든 습기 몰고 와서
마음껏 빗물을 쏟아 보려 마

목적지

타고 갈 버스는 오지 않고
정오는 아스팔트 위로 쏟아져
처절한 뱃속은 갈증으로 탄다
생각의 시간을 돌던 초침마저
멈춰진 채로
굳어진 발걸음
시골 정류장에 홀로 섰다
저기 발 닿는 곳
어디에
뿌리를 묻을까 하는…

무궁화꽃

오방색
온 세상 비추고
태극 문양 빨강 파랑
건 곤 감 리
태극기 휘날리며
팔월의 무궁화꽃이
피었다

그날이 오면
천사의 흰 나래
고귀한 숨결 홀연히 사르다
순결한 몸
고이 접어 떨어진
꽃 눈물
뿌려놓고 가신 님

김삿갓 문학관

뫼 높고 깊은 골에
풀포기도 눕지 않은 곳
나그네 발자국마저 뜸하던 즈음에도
흔적 남기고 님은 고요히 가셨나요

부귀도 명예도 버리는
거침없는 방랑길 객기 그윽한
삿갓 쓴 나그네 머리 위로
밤하늘 별들도 쏟아졌나요

욕심도 비워버린 가벼움은
슬픔도 기쁨도 별것 아니었을라
억한 묵언으로 남겨두시어요

엄마를 닮아가며

철퍼덕 바닥에 앉자 일을 하고
속이 편치 않아서 죽을 쑤어 먹으며
벌레 먹은 과일을 먹는 것쯤이야 대수도 아니다
방 안에 널브러진 이불은 고된 하루를 쉬는 곳
잠자는 발치 아래
밤새 티브이를 켜 놓고
머리맡에는 근육통 파스, 연고와 안약 등
각종 응급약과 병원 처방 약이 통 안에 가득하다
어느 날부턴가
엄마의 일상이 방 안에 자리 잡고
그 품에 안긴 듯
엄마를 따라가는 응석받이 딸이 되었다

은교에게

열두 줄 색연필로 쓴

'목마와 숙녀'의 시를 편지로 써 보낸

오래전 추억이 첫눈 내린 마당을 가득 채우고 있구나

너는 너대로의 격정에 살아왔고

나는 나대로 풍상을 겪었다

몰랐다

너도 아팠다는 걸

힘든 삶이 갈라놓은 우리는 또 잊고 살았구나!

격앙된 세월이 흘러 땟물이 가라앉자

새 푸르던 강물은 다소 유유해졌구나!

햇살 따스한 강가를 거닐던 여유 있는

다정함이 언제 적인지

우리의 애잔한 기억을 소환하여

깨알 같은 이야기를 좋알거려 보자꾸나

분홍 리본의 원피스가 잘 어울리는

핑크빛 소녀의 하얀 피부

부드러운 바람결에 다가와

네 향기로 가슴을 파고들어 옛일이 아른거린다

은교야!

우리 이제는 자주 만나면서 잘살아 보자

갯벌은 그리움이다

썰물이 밀리는 새벽의 작은 바다 선잠을 쫓으며
그물망을 바구니에 넣고 조세(쒜)[4]를 챙겨 들고 갯벌로 갔다
갯벌에 서면 어머니의 젖으로 흐르는 굴밭
넓은 뻘에 하얗게 앉자 달콤한 호기심으로 사로잡는 곳
가만히 귀 기울여 들으면 속살속살 들리는 노랫소리
수많은 생물이 알리는 환청의 말은 가만히 귀를 기울여야만
비로소 듣게 된다
갯골을 따라가다 보면 소라와 낙지, 때로는 작은 꽃게도 잡히
곤 한다
사릿물 때는 평소 숨겨진 바닥이 드러나며 키조개와 큰 소라,
가리비 등 이를 데 없이 풍성하다
하지만 사릿물은 위험 요소가 많아 바닷물이 빠르게 되돌아
오는 속도가 여느 물때와는 확연히 다르기 때문이다
갯벌에서 멀리 나아갔다면 걸어 들어온 갯골의 수만큼 물이
먼저 들고나면 둔덕으로 덮여 물이 꽉 찬다
갯골은 먼바다로 헤엄쳐 가는 물고기가 소통하는 길목이다
물 따라 넓은 바다로 가서 어른 물고기가 되면 다시 돌아와
알을 낳고, 부화된 어린 치어들과 조개가 밀물 따라 오고 간다

---

4 조세(쒜): 굴을 딸 때 쓰는 도구

천수만은 생명을 키우는 엄마이고 그 젖줄이다
갯바닥에 엎드린 신기루의 섬 안에 엉겅퀴 같은 손으로 반기
는 어머니
오아시스의 단물로 자식들을 거두어 주신, 누군가의 비린 맛
이라지만 내겐 그리움이다

천수만

조곤조곤 다가오는 소리

눈감고 들어야 들리는 밀물의 사랑스러운 밀어

갯벌이 내는 숨소리에 귀 기울이면

미물들이 조잘거리며 모여있던 광장

아기 침대에 모빌이 돌며 내는 요람의 노래가

조금씩 멀어지는 썰물

안녕! 좀 있다 다시 봐

해초 머금은 검은 살갗

바람이 불어와 갯내 풍겨 오면

꼭꼭, 숨어있는 숨구멍으로 촉수들이 제각기 글을 읽는 걸까?

갯벌은 긴 사색에 잠긴다

온갖 삶들이 찾아와 둥지를 틀어 갯벌에 꿈을 키우고

멍들도록 짓밟아도 끊이지 않는 생명력

지순한 끈기의 갯벌

고된 노동의 땀으로 지켜낸 모정 넘어

달고도 단물이 굳어져서 하얀 소금으로 절여지는 섬

서산에 해 떨어지는 수평선 끝에는

바다가 연지 곤지 찍어 바른 새색시 얼굴로 여미는 하루, 태
곳적 바람이 불어간다

애 상(哀傷)

아버지가 심어 놓으신

사과나무

튼실하게 맺어 풍성하기를 바라며

부목 받쳐 지탱한 햇가지에

서너 개의 사과

해풍으로 애끓던 마지막 잎사귀는

의지마저 사그라뜨린 채 꽃상여 타고 바다로 갔다

툇마루에 덩그러니

벌레 먹고 일그러진 것이나마

씻고 다듬어 가지런히 결실을 담는

어머니의 손길

푸르던 날 다 가고 언제라도 부서져 내릴 것만 같은

가녀린 노모의 어깨를 바라보던 딸

뿌옇게 해무가 넘실대는 갯벌에서

어슴푸레 보이는 굴밭 길

송곳 같은 굴 껍데기를 밟고 오시는 곳

아버지 허리춤에 갯물이 흐르는 지게 짐이 그리워진다

모두가 떠나버린 마을

갯벌로 나서는 길목 사과나무에

설익은 열매 애처로운 이슬이 맺혀있었다

어촌의 귀향

이백 년 옛집 벽을 허물어 블록 벽돌을 쌓았다. 잊힐 것에 대한 애환을 몽땅 털어버리고, 은혜로운 정다움으로 엮어 지키고 싶은 유산이다. 막막함에 비워 두었던 온기 사라진 방안 흔적들을 볼 때마다 앨범 속 사진을 본다. 지나간 시절을 품고 있던 사진들이 곰팡이의 침입으로 평생 이룬 가족사의 이별 같아 서운했지만, 아버지 사랑이 머물던 과수목도 이별해야 하는 섭섭함은 더할 나위가 없다. 바람의 서슬로 곱은 손으로 굴 따던 겨울 바다 너머에 에이비 방조제가 있고, 창리 어촌장의 확성기가 갯벌의 위험을 강조하여 안내하는 곳 갯바위 낚시꾼의 챔질 하는 모습은 한 폭의 고요다. 뻘밭에 하얗게 내린 굴 무더기는 천수만의 허허한 풍경이다. 고단한 노고로 이룬 비린 채취가 스며들어 아스라이 뵈는, 저기 뻘밭 어디쯤 언 손 호호 불며 굴을 쪼는 어머니! 굴 망태의 무게가 실려 뒤뚱거리며 걸어오시던 갯벌, 보이듯 보이지 않는 갯골을 넘어서고, 예전 걸음을 가늠해 보면 다소 먼 거리였다. 꼭꼭 숨은 바지락과 뻘낙지를 찾아내어 값진 허기를 채워주는 그곳엔 어머니의 고되고 거친 노동의 삶이 있었고 자식들에게 기대어 노후를 살지 않겠다는 의지가 있어서 당신을 위한 소중한 터전이었다.

그 바다를 지키려고 돌아온 아우는 부모님이 이사 오셨던 꼭 그만큼의 나이었고 갯벌을 지키며 서 있는 아버지의 모습이 되어 아우가 지키고 있다.

작은 수해[5]

언덕 위의 고추밭에서 마을을 바라보면 이장 집 넓은 밭에는
담뱃잎이 푸르다. 생강과 마늘, 고추가 특산품인 지역으로 부
지런한 사람들의 고장이다. 하얗게 드러낸 굴밭에는 굴들이
서로 엉키어 동글동글 살아가고 하얗게 무리 지어 일광욕한
다. 아낙은 굴을 망태에 주워 담고 사내는 굴 망태를 지게에
지고 갯둑에 있는 작업장으로 나른다. 갯벌 나루 길가에 늘어
선 비닐하우스엔 굴 쪼는 아낙네의 찐 입담으로 무딘 삶을 보
듬고 가는 웃음소리가 끊이지 않아 지린 단내로 뻘을 지켜낸
사람들이 잔잔하게 녹여진 여유가 있다. 세월의 짐으로 굳어
져 망부석이 된 갯바위를 쓰다듬고 가는 갯바람, 무뎌진 뼈가
바람 소리를 내며 냇둑을 지킨 굽은 소나무, 안면대교 아래로
바닷물이 드나드는 서해는 조개의 촉수에 단물로 채워 어촌
은 푸르고 푸르다. 뻘밭에 엎드려 바지락을 캐는 동안 바다
생물들은 수다스러워지고, 분주하게 흘러가던 정점에서 삶의
한 조각 상념이 밀물 따라 걸어온 거리만큼 황금빛 꿈으로 이
룬 분주했던 어촌의 하루가 지나간다. 밀물이 작은 갯골 둑으
로 넘어 들면 조개들의 이야기도 끝이 나고, 여문 하루가 알
토란 갔다. 바다의 순환이 사랑으로 채워질 아버지 땀으로 젖

---

5 작은 수해(작은 바다): 창기리의 옛 지명이다.

은 소중함이 되고, 아버지 어깨를 짓누르던 지게 짐에서 흐른 짠물로 어머니의 뻘밭은 풍요로워졌다.

하얀 진달래꽃

봄눈이 내리던 날
뜰에 피어난 진달래꽃
어린 시절 앞산에 놀던 봄꽃들이
잊힌 날을 헤치며 찾아와 조용히 부르고 있네
하얗게 젖은 꽃봉오리를 바라보며 마음이 설레었어요
기다림은 이루지 못한 꿈들을 위한 준비이고
나는 나무가 되어 너희는 꽃으로 피어나
우정은 정원을 가꾸듯 다시 피워
따스한 햇살 아래 나란히 나란히
하얀 꽃이 만발한 봄 정원에서
진달래꽃처럼 예쁜 시절 인연
다시 만나게 된 소꿉친구와 함께할래요

항해사

외항선을 따라
만국기 펄럭이는 갈매기의 군무
정제된 탄화수소의 힘으로
물살을 가르며 힘차게 나아가는 배
땀방울 녹아든 바다의 결정체가
뱃전에 부서지며 일어나는 하얀 물결
그대는 대양을 향해 나아갑니다
연어의 본능으로 꿈틀거리던
갈망의 어둠이 내리면
면사포 닮아 하얀 커튼이 드리운 창 앞에
불빛에 비친 그녀의 가녀린 모습 보이는 것 같아
타국의 그림엽서에
깨알 같은 그리움으로 찍어둔 줄임표
점. 점. 점.
돌아올 몇 달
곱던 손마디가 짠물에 굵어졌고
해풍에 그을린 이마를 펴는 날에
등대를 지키는 인어의 노랫소리
푸른 물방울이 되어
항해사의 가슴으로 흐릅니다

죽도 해변

봄바람에 일렁이는 파도
경쾌하게 물결을 넘어와서는
철썩이며
갯바위 가슴은 새하얀 물꽃 춤을 춘다
도시의 젊음이 군상으로 지친 마음
해변에서 아침 해를 바라보며
동해의 파도를 타자!
서핑보드 거침없는 파도 가르기
젊은 기운 넘치는 돌고래의 유영을 보라
바다의 꽃으로 뽐내는 청춘 매력을 느끼며
돌아온 갈매기의 노래를 들으면
지나간 사랑의 불시착에 꺼이꺼이 울던 파도여!
오색 빛으로 불 밝힌 등대의 지순한 사랑
불꽃처럼 타오르던 젊음의 열정을 담아
물결 위에 연등을 띄우면
기억의 전설로 꽃 피울 바다에서
동해의 파도를 타자!

보리밭

인연 없어 바람맞은 날에
온기 가신 커피를 쓸쓸히 마시며
회상의 들녘에 마음을 싣는다
황금물결이 일렁이던 하늘에
구름 사이로 해가 보이던 날
어느 사랑이 뭉개고 간 밭두렁 속에
숨바꼭질하던 아이가
깜부기 입에 물고 들켜버린 날
보리밭 주인의 호된 훈계에
검게 묻은 입술로 울먹여
눈물 훔치다가 민망하기 짝이 없던 날…
보릿고개 배고픈 시절 되돌아보며
떠오른 동심으로 돌아가 회상하니
그 오월의 보리밭엔 탐스러운 알곡들만 바람에 일렁인다

봇물로 주지 못하고

네 흔들리는 감정으로 인해 무디어진 삶을 보듬어 주고 싶어
진다
네 의지가 흔들리는 것을 보면 창자 속 신물이 치받쳐 억누를
수 없는 쓴맛으로 자꾸만 가슴이 쓰리다
한바탕 응어리를 퍼내는 신음을 토하고
황소 같은 눈으로 나를 더듬던 날은
장맛비가 개골창 둑을 넘어 산발한 머리카락 흩어지듯 쓸려
가고 있었다
서툴게 맺힌 말의 끝으로 변명할 여지는 있겠지만
'하지만 말이야…'
그래, 우리가 천년을 살아도 겉모습에만 집착하며 여태껏 아
무것도 못 하거나 하지 못했던 거야
그 홀로 선 외로움을 이겨내려면 남의 시선이 두려워선 안 되지
이제는 베푸는 사랑이 아니라
조용히 상대의 말을 귀담아 들어주고, 그림자 같은 모습으로
서로를 지켜줘야 한다는 거야아플 때면 함께 병원에 가고
정성으로 지은 밥도 함께 먹으며, 지는 해도 아름답다는 걸
느낄 줄 알아야 해
너는 네 삶에 지쳐있고, 나는 내 인생을 헤적이다가 돌아서서

걷곤 하지
청춘의 호시절이야 어떻든 견뎌내겠지만 말이야
부디 강건한 믿음으로 인생의 쓴 기억을 잊었으면 해
네 방황을 지켜보며, 잡으려던 손 머뭇거리며 돌아서서 걷는
길이 촉촉이 젖어 있다

아련한 날개의 기점

우린 너무 어렸었지
모든 것에는 회상하는 이의 무게가 실려 때로는 마음이 황량
하고 더해지는 그리움으로 움켜잡고 시리도록 보고 싶어진다
사납쟁의 경미는 말뿐인 별명
내 어린 날에 선생님 같은 대찬 구석이 있었나 봐
나를 일깨워 언니같이 다정했던 경미는
사람들이 살아가는 일상, 재주도 있고 지혜로웠지!
물지게를 지고 오르는 한탄강 벼랑길에서
넘어지지 않는 방법은
특이하게도 고무신 속에 숨은
맨발의 엄지발가락에 힘을 꽉 주고 걷는 거라 했지
너와 난 동갑이고
같은 반에서 공부하며 한 동네 살았는데
어른들의 말투와 생각을 어느새 지녔었나 봐
쌀을 씻어 무쇠솥에 넣고 솔가쟁이로 불을 지펴 밥을 짓거나
동생을 업어주며 가족을 위해 도움 되는 일이 뭔지
너는 알고 있다는 듯
세상 물정 모르던 내게 알려 주었잖아
그런데 말이야

그때는 알지 못했던 것들이 세월을 머금어 갈수록 선명해지
더라
그날보다 더 고운 날 있으면 만일을 제치고 찾아가리

소년, 소녀 그날을 가다

팔월의 날씨는 더웠다

코발트색으로 빛나는 하늘은 어느 때보다도 해맑아, 오십 년
을 거슬러 만나 보게 되는 설렘과 기대감으로 들뜨게 했다

'몽당연필 따먹기 놀이로 필기도구를 잃은 친구가 누구였더라?'

'그날의 속상했던 기억으로 지금은 성실하게 잘 살았을 거야'

'고무줄 자르고 시치미 떼던 그 아이는 누구였을까?'

'밤톨이 반장은 아마 아닐 거라 믿어. 목사님이 되었더군'

한탄강 빙판길 썰매 타던 날, 앞에서 끌어주다가 넘어뜨렸던
개구쟁이들은 웃고 떠들며 놀던 날 배고픔을 견딜 그 시절로
돌아간다면 설레설레 손사래를 치겠지만

그 시절 강물은 맑고 시원해서 지금은 꿈도 못 꿀 광경일 테지
가난이 어떤 것인 줄 잘 알아 무엇이든 주어진 일에 투덜대는
법이 없었지

남자아이는 소에게 줄 꼴을 베어 지게를 지는 일이거나 여자아
이는 빨래하고 물지게를 지고 물을 긷는 것은 일상이 놀이였다

장작불에 밥하고, 한탄강에서 빨래하는 일은 부모님을 도우
려는 우리들 모습이었어

아이들과 모여 벌거숭이로 목욕해도, 그것은 부끄러움이 아니
었고, 한 동네 한 가족 같아 그것도 일상적이었다

책보자기 허리에 두르고 걸을 때마다 몽당연필 달그락거리면
남자애들이 놀려먹는 까닭에 필통 속 단속에 애 좀 먹었었지
하교하고 돌아오는 황톳길 옆으로 지천에 자라던 찔레순과
산딸기는 우리들 먹거리였어
삘기의 하얀 심은 달콤하고 톡톡 빠지며 씹히는 재미도 있어
서 간식거리의 단골 메뉴이기도 했어
삘기는 단단해서 여간해선 잘 뽑히질 않고 끊어졌지
열심히 뽑아주던 그 애는 누구였을까?
찔레순 따다가 뱀 나온다고 소리치며 놀려먹던 친구야!
너희들 머리카락에도 비껴가지 못한 세월이 하얗게 내려있구나
그날로 돌아간 듯 쌍구계곡 물장구 놀이에 저문 하루가 멀어
지고 있다

한탄강의 겨울

그해는 한탄강이 두껍게 얼어붙은 몹시 추운 계절이었어
우린 세상물정 모르는 열 살, 학교에서는 옥수수 죽이나 빵으
로 점심을 해결했다
전쟁이 끝나고 십오 년이 다 되어가도 경제 전반에 모든 삶이
열악하였고 발전은 기대조차 하지 못했다고 했어
그즈음 누군가 우리 집에 보낸 꿀꿀이죽 한 그릇을 먹게 된
거야
얼마 후부터 엄마를 조르기 시작했어
맛있으면 되었고 배부르면 된다고, 엄마가 가지 못하면 죽 배
급소를 내가 다녀오겠다고 우겼지!
그리 고집을 부린 건 처음이었고 당황스러워하던 엄마의 허락
을 얻어내고야 말았어
그것이 미군 부대를 통해서 나온다는 것을 알면 아마도 손사
래를 쳤을 테지만
노란 호박죽 같은 한 그릇에는 별의별 것이 다 들어 있었잖아
엄마는 그것을 알고 있었고 고집스러운 딸의 요구에 대꾸조
차 안 했던 거야
먼 길을 어린 딸 혼자 보내지 못하는 엄마가 차선책으로 생각
한 것은 엄마가 친하게 지내던 병호 엄마를 설득하셨나 봐

병호는 의도치 못한 힘든 일을 하게 되었던 거고

그렇게 우린 좀 더 친해질 수 있었지

겨울 눈이 하얗게 덮인 그날은 화창했어

눈길에 자꾸만 미끄러지는 내 고무신을 동여맬 지푸라기나

끈을 찾지 못하고 길가에 강아지풀로 동여매 주었지만, 백의

리 미군 부대 후문까지 가기에는 역부족이었어

미군 부대 후문에 다다라 표를 받았는데 너는 일 번이고 나

는 맨 마지막 번호를 뽑은 거야

근심 어린 너는 네 번호와 바꾸어 주었어

넌 씩씩한 남자였고 난 여자였고 의협심의 발로였을 거로 생

각하니 미소 짓게 돼

우리를 유심히 보고 있던 같은 동네 어른들이 우리에게 두 번째

번호로 바꾸어 주며 어둡기 전에 돌아가도록 배려해 주셨지!

강으로 내려가는 좁은 벼랑길이 매우 미끄럽고 위험하니 내려

가지도 말고, 오던 길로 부지런히 가도 한겨울 해거름을 쫓아

가지 못한다고, 빙 둘러 돌아가는 길이지만 그 길이 안전하다

며 당부하셨어

고무신에 무거운 배낭을 멘 우리는 꾀를 부려 한탄강으로 내

려갔지

배낭을 얼음판에 내려놓고서 겨우 숨도 쉴 수 있었고 되살아
난 듯 가벼워졌어

엎드려 미는 것인지 넘어져 뒹구는 것인지, 신발이 자꾸 헛돌
아 밀고 나아가지 못했던 거야

다시 배낭을 메어보았지만, 옴짝달싹하기에도 벅찼었지

하필이면 그곳에는 신답리 아이들의 놀이터였고, 나랑은 같은
반인 밤톨이 반장과 마주친 거야

애들이 팽이 돌리고 썰매도 타고 스케이트 타는 아이들

아찔하더구나

아이들은 집으로 돌아가면서도 한참을 놀리다가 돌아가더군

그때 강 언덕에서 아버지와 동네 분들이 우릴 찾아내어

참 다행이라 생각했지!

그 후부터 병호는 며칠을 몹시 끙끙 앓고 있다는 소식을 전해
들었고

사 학년 일 학기에 서울로 전학 오게 된 후로는 오랜 세월 만
나지 못하였다

우리가 그곳을 다녀오는 길에 어떤 즐거운 이야기를 나누었을까?

고문리 회상하며

옆집에 살던 사납쟁이 경미야
물지게 긴 사슬 세 번 넘겨
짧아진 길이를 몸에 맞추어
물통의 물은 반도 안 채웠지만
한탄강 벼랑길을
안간힘 쓰며 힘들어했지!
키보다 큰 항아리 다 채워놓은 어린 효녀였어

빵집 영숙아,
너희 오빠가 기타 치며 들려주던 유행가는
가수만큼 유명한 마을 음악회였지
기약 없이 고향땅 기다리던 어른들은
실향의 시름을 그 노래로 흘려보냈고
황톳길에 뛰놀던 아이들도 모두 마당에 둘러앉자
고단한 하루가 흥겹던 그 시절의 기억
우리도 반세기 그 길을 따라왔구나!

첨단 배달부

오랜만에 안부를 묻는다
고된 삶의 뒤안길로 발전된 세상에서 잊히면서 지낸 우리들의
일상
아날로그 시대가 그리워지기도 해
우리의 추억은 지난날을 떠올릴 때 더욱 정감이 가고
추억을 들춰 볼 때마다 저절로 미소 짓게 되는 느리지만 여유
가 있었다
손편지나 엽서가 낭만적인 매력으로 멋스러웠고
때론 안부를 적고 우표를 붙이고 우체통으로 가야 하는 느린
안부의 전달은 기다리는 설렘도 있다
전화로 소식을 주고받을 땐 긴 수다에 엄마의 잔소리도 꽤나
불편했었지
세상은 달라졌고 모바일로 안부를 묻고 시대의 변화를 실감
하는 우리의 일상이 되고 있어
사회에 이바지하는 역군으로 살던 사팔육 세대, 참 많이 고단
했을 텐데
지금도 손주 보느라, 간병인으로 일하느라
앓는 생손 짓무르는구나!
세상이 우리를 청춘으로 대하며 격려해 준다

우리는 매일 여러 번 소통하며 기회비용을 지불하는 대신 마음껏 모바일을 사용할 수 있다는구나
요즘 아이들처럼 모바일 소식통을 통해 밀레니엄 시대의 흐름에 올라타고 황금빛 세대의 일원이 되어 볼까나

더미의 감정 철학

도로는 공사 중. 작업 차량의 화살표는 일 차선을 붙잡고 잡초를 제거하며 중앙선 보수에 여념이 없다. 땟국이 꼬질꼬질한 노란 작업복을 입고 더미가 무표정한 얼굴로 서서 제 할 일인 줄 알고 붉은 깃발을 펄럭거렸다. 펄럭이는 깃발에 맞춰 자동차들은 질서 있게 차선을 변경한다. 한여름 기온은 떡시루의 찜솥, 피서 차량이 내뿜는 열기를 고스란히 몸으로 받으며 도로 작업하는 이들에게 감사해야겠다. 그들 덕분에 안전 운행이 되어 믿음으로 도로를 사용하게 된다.

인력으로 처리하던 일은 로봇의 역할이 다방면으로 유용하게 이용되고 있는 새로운 작업 광경이다. 도롯가에 무심하게 서 있던 더미도 작업 임무를 수행 중이다. 깃발 없어도 무표정하게 제 임무에 충실하다. 붉게 물든 서쪽 하늘 힘들었던 하루가 끝난 시간, 고개를 숙이고 허리가 묶인 더미는 공사 차량의 화물칸에 실려 간다. 차는 밀리고 더위가 기승을 부려도 땀으로 범벅이 된 하루지만 본분을 다한 더미는 신명 난 깃발처럼 웃어라.

어느 국도에서 신호수는 단순한 더미가 아니라는 것을 알 수 있었다. 신호를 담당한 노동자가 깃발 휘두르며 지나가는 차량에 연실 인사하듯 종일 춤을 추는 모습을 보았다. 그날은 종일 웃음이 나왔다. 다양한 형태의 재미있는 더미들이 우리 일상에 나타나 성실히 임무 수행을 한다. 선술집 앞에도 그새 취한 듯한 모습으로 에어 풍선의 긴 팔을 흔들며 얼씨구절씨 구 춤추어 지나가는 사람들에게 웃음을 주었다. 더미의 신명 난 깃발처럼 우리도 더위를 날리며 간다.